Ariane in den Wolken

Klaus-Dieter Felsmann
Oliver Haller

mit Illustrationen von
Barbara Schumann

SCHELZKY & JEEP

Konzeption und Redaktion: Barbara Felsmann
Vom Preis jedes verkauften Buches werden
DM 2,- an den Deutschen Tierschutzbund e.V.,
„Aktion Tierheimhilfe" abgeführt.

Die Deutsche Bibliothek – CIP-Einheitsaufnahme
Felsmann, Klaus-Dieter:
Ariane in den Wolken / Klaus-Dieter Felsmann/Oliver Haller. -
Berlin : Schelzky & Jeep, 1999
　ISBN 3-89541-150-7

© 1999 by ariane film gmbh
Erstausgabe
Alle Rechte vorbehalten
Satz und Reprographie: Henrik Jeep
Druck und Bindung: Druckhaus Köthen
Printed in Germany
ISBN 3-89541-150-7
gedruckt auf chlorfreiem Papier

Inhalt

Ariane hebt ab	4
Der Traum vom Hühnertrick	11
Der blinde Passagier	17
Der Traum von den Käseschmugglern	24
Oscar taucht nicht auf	32
Der Traum vom Trojanischen Hund	39
Ariane geht zum Zirkus	45
Der Traum vom Schlittenrennen	53
Die Rettung	61

Ariane hebt ab

Die Welt unter mir ist so klein. Und sie wird immer kleiner. Dafür kann ich nach den Wolken schnappen. Ich fliege!
Hallo ihr da unten! Ich fliege!
Es war nach den Dreharbeiten. Für eine Zeitung sollte noch schnell ein Foto geschossen werden. Ein ganz besonderes: Ich, der große, wuschlige Fernsehhund in einem Ballon. „Ariane hebt ab" wollte der Fotograf darunter schreiben. Und dann hat er ein dummes Gesicht gemacht, als ein kräftiger Windstoß meinen Ballon losriss. Der Fotograf streckt noch die Arme nach dem Ballonkorb aus und stößt dabei die Kamera um – zu spät. Der Ballon steigt und steigt, und ich sitze ganz allein hier drinnen und schaue auf die ameisenkleinen Menschen, die da unten aufgeregt durcheinander laufen. Na, das wird Schlagzeilen geben: „Berühmter Fernsehhund hilflos in den Wolken" oder: „Werden wir Ariane je wiedersehen?!"
Werden wir? Werde ich je wieder auf die Erde kommen? Meine Pfoten beginnen zu zittern. Jetzt könnte der Ballon so langsam wieder sinken! Tut er aber nicht.

Der Wind treibt mich über das Land. Kein Lufthauch ist hier oben zu spüren und alles um mich herum ist still. Da unten bimmelt ganz leise eine Kirchenglocke. Die haben es gut auf der Erde. Man kann hingehen, wohin man will: Etwas die Hühner anbellen, mit einem Dackel über die Vorzüge von großen, zottligen Bobtail-Hunden streiten ... Ich bin ein Bobtail.
Wenn ich es so recht bedenke, bin ich noch nie höher als bis auf ein Hausdach gekommen. Ich weiß noch nicht einmal, ob ich Höhenangst habe.
Mal ganz vorsichtig über den Korbrand sehen ... Etwas hoch ist es ja, aber schwindlig ist mir nicht. Und wenn ich nach oben sehe, dann wölbt sich da der Ballon wie ein riesiger Kürbis. So ist es also, in der Luftschifffahrt. Wenigstens schaukelt es nicht wie auf dem Wasser. Und Piraten gibt es hier oben auch keine. Niemanden gibt es hier oben. Nur mich.
Mir ist danach, lauter als ein Wolf zu heulen. Bei uns heißt das soviel wie: Ich bin hier, wo bist du? Man muß den Kopf einfach nur nach oben strecken. Das Maul öffnet sich dabei ganz von allein. Dann singt man mit sehr hoher Stimme ein schönes, langes „U". Wenn man Glück hat, dauert es nicht lange und ein

anderer macht mit. Und wenn nicht, hilft es auf jeden Fall gegen die Einsamkeit.
„Uuuuuuh!"
„Was soll der Lärm hier oben?" höre ich eine krächzende Stimme neben mir. Vor Schreck bleibt mir das „U" im Halse stecken. Um den Ballon fliegt ein Storch. Aber kein normaler Storch, wie man ihn im Nest auf hohen Türmen sieht. Dieser hier hat ein Holzbein! Oh je – ein Luftpirat! Immer enger werden seine Kreise, und dann schnarrt er: „Vorsicht da, ich lande."
Jetzt setzt er zum Entern an. Aber ich werde den Ballon nicht kampflos aufgeben!
„Komm nur näher, du Piratenstorch! Auf Typen wie dich habe ich gewartet," knurre ich ihn an. Erschrocken flattert er ein paar Meter zur Seite und klappert dabei mit seinem Schnabel.
„Was sind denn das für Manieren!" schimpft er, als er sich wieder gefangen hat. „Haben Sie denn keine Fliegerehre?"
„Schnatter du mir nichts von Ehre vor, Storch. Du kannst doch nicht einfach meinen Ballon entern!"
„Ich will Ihren Ballon nicht entern. Nur ein bisschen längsseits kommen will ich. Um zu verschnaufen. Bin etwas zu hoch geflogen."

Und dabei sieht mich der Storch so entrüstet an, dass ich ihm einfach glauben muß.
„Dann komm schon her. Du hechelst ja wie ein Zwergpinscher nach einem Zehn-Meter-Lauf."
Erleichtert schwingt sich der Storch auf meinen Korbrand ein, rutscht noch etwas mit dem Holzbein ab und hält sich schließlich, gekonnt balancierend.
„Guten Tag," sagt er spitz, „einen schönen Ballon haben Sie da, Verehrtester."
„Danke. Aber eigentlich hat der Ballon mehr mich."

„Wie meinen?"
Und da erzähle ich dem Storch die ganze Geschichte.
„Sie sind ja hübsch in Schwierigkeiten. Übrigens, wenn ich mich vorstellen darf, mein Name ist Oscar." Wir lächeln uns ein bisschen an.
„Ich entsinne mich an einen Flug nach Südafrika," Oscar holt tief Luft und kneift die Augen nachdenklich zusammen, so als ob jetzt eine sehr lange Geschichte kommt.
„Ich wollte damals nach Maputo im Swasiland, als mir entlang der Küste, direkt über den Drakensbergen der Atem ausging. Es half alles nichts, ich musste runter."
Mit seinem Schnabel pickt er gegen das Holzbein: „Das war damals noch in Ordnung. Heute muss ich hier im kalten Norden überwintern. Bis in den Süden schaffe ich es nicht mehr. – Na, also die Drakensberge. Ich sah mich nach einem geeigneten Landeplatz um, da kam mir doch tatsächlich ein großes Zeppelin-Luftschiff in die Quere. Dem Kapitän war der Treibstoff ausgegangen. Leider war die Verständigung etwas schwierig. Mein Swati war damals noch nicht perfekt. Er sprach dagegen ein gepflegtes Tsonga ..." Der Storch

legt den Kopf etwas schräg und sieht mich durchdringend an: „Ihr Blick, Verehrtester, verrät mir, dass Sie mir keinen Glauben schenken. Aber ich verwette einen Froschschenkel darauf, dass jedes Wort wahr ist. Wissen sie übrigens, dass man die Fortbewegung mit einem Ballon nicht als fliegen, sondern als fahren bezeichnet?"
„Das ist mir ziemlich schnuppe," antworte ich, „Es wäre nur gut, wenn der Ballon endlich sicher zur Erde fliegen, oder fahren könnte."
„Genau das hat der Luftschiffkapitän damals auch gesagt. Natürlich auf Tsonga. Das klingt etwa so ..."
Gerade will Oscar mit seinem Tsonga prahlen, da unterbreche ich ihn: „Vielleicht könntest du mir die Geschichte nachher zu Ende erzählen. Jetzt muß erst einmal irgendwer Hilfe holen. Und das sollte jemand mit Flügeln sein."
„Oh, ich verstehe." Oscar hält inne. „Na gut. Ich will mal sehen, ob ich nicht Ihre Freunde finden kann. Ein Fotograf sagen Sie? Mit dümmlichem Gesicht? Also dann: Sie haben einen Freund in der Not gefunden. Oscar den Storch, Ritter der Lüfte. Abflug."
Oscar breitet die Flügel aus, legt sie dann etwas nach hinten und stürzt sich todesmutig

in die Tiefe. Doch schon nach wenigen Metern fängt er gekonnt ab und nimmt Kurs Richtung Süden, von wo ich gekommen bin. Hoffentlich fliegt er aus alter Gewohnheit nicht gleich bis Afrika durch.
Er ist meine einzige Hoffnung. Ob er Glück haben wird? Ich rolle mich nach der ganzen Aufregung auf dem Boden meines Ballonkorbes zusammen. Oscar hat es gut. Der hat schon so viele ferne Länder gesehen und aufregende Abenteuer bestanden. Ich will mich auch an einen anderen Ort träumen und in eine andere Zeit. Mein Ballon schwebt mit mir über die Welt nach Norden und ich träume den ...

Traum vom Hühnertrick

Hier oben, auf dem mächtigsten Turm unserer Burg, kann ich die ganze Welt sehen. Naja, zumindest einen großen Teil davon. Dahinten bauen sie eine Kirche. Und unten im Tal entsteht eine überdachte Holzbrücke über den Mühlgraben. Eben rutscht ein Pferdegespann in den Bach. 20 Männer sind nötig, um die Tiere und den Wagen wieder an's Ufer zu ziehen.
Genug Ausschau für heute. Ich muss hinunter in den Keller, wo mein Freund, der Falke Florian, die Schatzkammer bewacht.
Florian war einst der beste Jagdfalke im ganzen Land. Doch dann erblindete er. Weil er aber eine so treue Seele ist und auch ausgezeichnet hören kann, ernannte man ihn zum wichtigsten Wächter der Burg.
Oft denkt Florian in seinem dunklen Gewölbe an das Licht und die weiten Landschaften. Wenn ich ihm erzähle, was ich vom Turm aus gesehen habe, erinnert er sich und ist glücklich.
Moment, was ist das für ein Spektakel unten im Burghof? Da stehen der Ritter Edelbert und alle seine Knechte. Der Sänger Walther, das

Fräulein Brunhild und selbst der Narr Bolz. Der Henker Grappatonne hält mit rohem Griff den armen Florian in die Höhe. „Gib den goldenen Leuchter wieder heraus," schimpft am lautesten von allen das Fräulein Brunhild. Der Narr Bolz krächzt: „Hängen, hängen," und zeigt dabei auf Florian.
Die halten doch den Falken nicht etwa für einen Dieb? Ich muss hinunter. Na wartet, da ist das letzte Wort noch nicht gesprochen! Was hatte mir dieser sibirische Hahn in Meißen auf der Eiermesse erzählt? In Nowgorod, im tiefen Russland, wurde ein armer Mönch verdächtigt, eine silberne Kugel gestohlen zu haben. Mit einem raffinierten Trick hatte ihm sein treues Huhn Gug das Leben gerettet.
Florian, das ist die Idee, ich helfe Dir!
Mit ganzer Kraft verschaffe ich mir Gehör: „Geschätzter Ritter Edelbert, seid in Eurem Urteil nicht voreilig. Ich weiß einen Weg, wie wir prüfen können, wer der wahre Dieb ist."
Naja, wenigstens hört mir das Burgvolk jetzt erst einmal zu.
„Hinter der Wolfsschlucht wohnt der schwarze Hund Axel. Der kann Gedanken lesen und wird den wirklichen Dieb herausfinden. Alle Bewohner der Burg müssen über das Fell

des weisen Tieres streichen. Ist jemand aus
der Runde schuldig, wird Axel bellen."
Ein Glück, der Ritter nimmt meinen Vorschlag
an. Doch jetzt geht etwas schief, ich soll den
Schiedsrichter spielen.
„Guter Edelbert, diese Ehre werde ich nicht
annehmen können. Um diese Zeit kocht Axel
immer sein Pflaumenmus. Wenn er hierher
kommen soll, muss ich für ihn am Feuer
bleiben und den köstlichen Brei überwachen."
Der Ritter gibt sich zufrieden. Ich soll Axel also
herschicken. Florian, habe noch etwas Geduld!
Ich löse das Problem!
Nichts wie hin zum Schmied Ob und zu seinem
Gesellen Elix, zwei alten Skatbrüdern von mir.

„Also Jungs, nun haltet mal eure kräftigen Arme über das Feuer, ich komme gleich durch den Schornstein."
Weiß wie ich bin, steige ich auf das Dach der Schmiede und rutsche durch die Esse. Ob und Elix fangen mich als schwarzes Ungetüm kurz über der Glut auf. Nicht ein Härchen wird mir dabei am Hintern angesengt. Am liebsten möchte ich zur Burg zurückrennen, doch das verbietet sich natürlich. Denn nun bin ich ein weises Tier mit hellseherischen Fähigkeiten. Also schreite ich gemächlich über die Zugbrücke durch das Tor. Die Burggesellschaft hat es sich auf dem Hof gemütlich gemacht. Aus dem Keller wird ein Weinfass herbeigeholt, und Bolz macht Späße. Nur Florian, den der finstere Henker immer noch fest umklammert hält, sieht beklagenswert aus.
Walther, der Sänger, begrüßt mich ehrfurchtsvoll als den weisen Axel. Ich soll mich sogar auf die Samtbank legen, von der ich sonst immer vertrieben werde. Jetzt fordert Walther alle auf, über mein Fell zu streichen. Selbst der kleinste Küchenjunge muss an mich herantreten.
Oh, ist das schön! Fast vergesse ich, warum ich hier liege. Doch dann sehe ich in die Augen

von Ritter Edelbert. Die blicken finster und lassen nichts Gutes ahnen. Der Narr Bolz ruft als erster: „Der hat ja überhaupt nicht gebellt, der ist stumm wie ein Fisch!"
Die Empörung auf dem Hof ist groß. Man ruft nach Ariane. Na wartet, ihr werdet euch gleich wundern! Unter erschreckten Rufen der Umstehenden schüttele ich mir den Ruß aus dem Fell.
„Zeigt eure Handflächen vor," verlange ich. Fast weiß stehe ich wieder da, und die Burgbewohner strecken mir lauter schwarze Hände entgegen. Nur eine Hand ist sauber. Die nämlich, die sich nicht getraut hat, das Fell des Wundertieres anzufassen.
Mit einem Schlag wird allen klar, wer den Leuchter gestohlen hat. Das versteht selbst Henker Grappatonne. Umgehend lässt er den Falken los und greift nach der einzigen schneeweißen Hand in der Runde.
Aber bevor er die erreichen kann, hat sie Edelbert mit seinen schwarzen Fingern fest umschlossen. Flugs fordert der Ritter die Musikanten auf, das Falkenlied zu spielen und führt Fräulein Brunhild zum Tanz.
Ach Florian, so sind sie nun einmal!

Der blinde Passagier

Es ist weit und breit nichts vom Storch Oscar zu sehen. Mein Ballon sinkt immer tiefer. Eben wäre ich beinahe mit einer Turmspitze zusammengestoßen. Um eine Schwanzlänge bin ich darüber hinweg geschwebt.
Langsam wird es Zeit, dass ich selbst etwas unternehme. Am Boden des Korbes liegt ein schwerer Anker an einem Seil. Zum Festmachen des Ballons. Wenn ich den über die Brüstung bekäme, dann könnte er sich vielleicht an irgendeinem Turm oder einer Baumkrone festhaken.
Ob so ein eiserner Anker schmeckt? Das geht ganz schön auf die Zähne. Endlich plumpst er über den Korbrand. Es gibt einen furchtbaren Ruck. Nun schaukelt der Anker unter mir über das Land – leider immer noch viel zu hoch, um irgend etwas zu erwischen.
Es wird langsam dunkel. Die Sonne steht nur noch zwei Pfoten breit über dem Horizont. Oscar kommt nicht zurück. Es ist zum Heulen. Also Kopf hoch und: „Uuuuuh..." Der letzte Ton verklingt unheimlich schön in der Ferne. Einen Augenblick lang ist Stille und dann höre ich es von tief unten, aus einem fremden Dorf

antworten: „Uuuhuuuhuuuh!" Immer mehr Hunde stimmen ein. Aus allen Ecken und Winkeln stößt noch einer dazu. Ich bin nicht mehr allein. „Uuuhuuuh!"
Irgend etwas raschelt am Boden des Korbes. Jetzt bewegt es sich unter dem Krimskrams in der Ecke. Da hat es gleich so verdächtig gerochen! Stacheln! Weiße Stacheln und dazwischen blitzt etwas Rotes!
Oh je, oh je! Eigentlich sind wir Hunde nicht sehr mutig. Das muß ich leider zugeben. Die meisten von uns bellen aus Angst. Ich ziehe den beherzten Rückzug vor. Doch wohin? Wie Oscar in die Tiefe?
„Entschuldigung," höre ich nun ein leises, piepsiges Stimmchen, „mir wird etwas unheimlich zumute, bei diesem Heulkonzert." In der Ecke sitzt ein kleiner, weißer Igel mit ängstlichen, roten Augen. „Vielleicht sollte ich das Korbhaus lieber dir allein überlassen," sagt der Igel schließlich.
„Das ist sehr großzügig, nur leider wird das nicht gehen."
„Warum denn nicht?"
„Weil wir uns hoch oben, in der Luft befinden." Der Igel macht große Augen. „In der Luft? Ach, wäre ich doch nie von zu Hause weggelaufen."

Einen Igel wie Laura gibt es nur ganz selten, erfahre ich. „Höchstens alle hundert Jahre mal kommt ein weißer Igel auf die Welt," erzählt sie mir mit ihrem piepsigen Stimmchen, „und der bin ausgerechnet ich. Das ist nicht sehr schön, anders zu sein als alle anderen. Ständig werde ich gefragt: Wo kommst du her – du siehst so seltsam aus. Und weil ich immer auffalle, stellen sie sich mir in den Weg und piesacken mich." Eine dicke Träne kullert über Lauras Nase.
„Aber du siehst so schön aus, mit deinen weißen Stacheln und den funkelnden Augen."
„Vor einer Woche hat es mir dann gelangt," schluchzt sie, „da bin ich von zu Hause weg, von meinem Tierheim. Einfach durch den Zaun und los. Sollen sie doch unter sich bleiben. Aber da draußen war es auch nicht anders. Im Wald hat mich ein Hase gefragt, ob ich in einen

Eimer Farbe gefallen sei. Ich bin gelaufen und gelaufen, bis ich nicht mehr konnte. Nun weiß ich nicht mehr, wohin. Ich will zurück in mein Tierheim. Wo das wohl liegt? Nur an den großen Mast davor kann ich mich erinnern. Ach, könnte ich doch so aussehen wie alle! Ist das schrecklich!" Laura plappert und weint und plappert wieder. Als sie fertig ist, sieht sie mich an und dann müssen wir beide lachen. Wir wissen nicht, warum. Wir lachen, dass unsere Bäuche wackeln.

Ich setze sie vorsichtig auf den Korbrand und wir sehen uns den Sonnenuntergang an.
„Seltsam," sagt sie nach einer Weile: „da kommt jemand aus der Sonne auf uns zu."
Tatsächlich. Das ist Oscar. Wieder fliegt er ein paar Kurven um den Korb, bevor er sich umständlich niederläßt.
„Wie ich sehe, sind Sie schon zu zweit," sagt er. „Die Luftfahrt erfreut sich großer Beliebtheit." Dann wirft er einen Blick auf Laura. „Irgend etwas an Ihnen, meine Gute, ist ..." Ich kann gerade noch rechtzeitig den Kopf schütteln – so heftig, daß meine Ohren aneinander schlabbern. Oscar hält inne. „Egal, wie dem auch sei, Ihren Freund Fotografen habe ich noch nicht gesichtet," wendet er sich an mich.

Ich erzähle ihm von Lauras Reise und von ihrem Zuhause.

„Ein Mast sagen Sie? Vor dem Tierheim?" Oscar denkt nach. „Aus sicher leicht erklärbarem Grunde kenne ich mich mit den Masten in dieser Gegend sehr gut aus. Ich glaube, ich weiß, welcher davon der Ihrige ist, meine Liebe," sagt er zu Laura.

Und natürlich bietet er sich auch sofort an, sie dorthin zu bringen. Während wir ein paar Schnüre als Reisesitz für den Igel zusammenbinden, bemerkt Laura das Holzbein.

„Ist es nicht furchtbar, wenn einen alle damit aufziehen?" fragt sie mitfühlend.

„Furchtbar? Wissen Sie wie viele Störche jedes Jahr in den Süden fliegen? Und einer sieht aus wie der andere. Bei mir weiß jedermann sofort: Das ist Oscar. Sprechen Sie übrigens Tsonga?"

„Na dann, leb wohl," verabschiede ich mich von dem kleinen Igel. Oscar gibt Laura noch schnell ein paar Ratschläge: „Füße nach vorn, schön ausschwingen und beherzt aufsetzen. Eine gute Landung macht man aus dem Gefühl. Und das sitzt beim Flieger im Hinterteil."

Dann nimmt er die Enden der Schnüre in seinen Schnabel und preßt vor dem Absprung

noch hindurch: „Su, dunn wullen wir mul einen Igel zur Welt brungen."
Schnell verschwindet Oscar mit der vor Vergnügen juchzenden Laura in den letzten Lichtstrahlen am Horizont. Er ist doch ein Held!
Der Wind hat umgeschlagen. Nun geht die Reise wieder zurück in den Süden. Um mich herum: Dunkelheit. Und was das Allerschlimmste ist, ich habe Hunger.

Der Traum von den Käseschmugglern

Die alte Herberge am Dorfausgang wird nur noch selten besucht. Was war das früher hier für ein Trubel. Seit es aber die Straße unten am See gibt, kommt kaum noch jemand auf dem Weg von Italien in die Schweiz über unseren Berg. Auch die Dorfbewohner sind fast alle weggezogen. Die Gassen, die hier eigentlich nur aus Treppen bestehen, wachsen langsam mit Gras und Blumen zu. Glücklicherweise gibt es noch Gina, die Köchin des Hotels. Aber auch sie ist heute nicht da. Sie ist zum Frühjahrsmarkt in die Stadt gegangen. Ein solcher Weg dauert normalerweise zwei Tage. Doch in der letzten Nacht waren weit draußen auf dem See die drei Lichtzeichen vom Boot eines gewissen Stefano zu sehen.
Der wird also auch wieder auf dem Markt sein. Das bedeutet, ich kann mich auf eine schöne Portion Fischsuppe freuen. Aber leider auch, dass sich Ginas Rückkehr um einige Tage verzögern wird.
„Frunse, sei doch nicht so mürrisch! Wenn Gina kommt, werden wir auch wieder richtig satt!" Ich

schlage meinem Freund, dem rotgestreiften
Kater, ein kleines Mau-Mau-Spielchen vor.
Na also, es klappt doch! Frunses Stimmung
hebt sich. Er ist ein leidenschaftlicher Spieler.
Nur leider gewinnt er immer. Trotzdem gebe
ich nicht auf. Irgendwann werde ich ihn
besiegen.
Was ist aber jetzt? Frunse scheint nicht mehr
ganz bei der Sache zu sein. Das habe ich noch
nie bei ihm erlebt. Ich schaue mich um. Es gibt
nichts Ungewöhnliches zu sehen. Doch der
Kater hat keine Lust mehr zu spielen.
Stattdessen schlägt er mir vor, heute im
Bergzimmer zu schlafen, weil da angeblich die
Matratzen besonders weich sind. Sehr
merkwürdig. Da sind die Zimmer mit Blick über
den See und auf die schneebedeckten Berge
am anderen Ufer frei, und Frunse möchte
ausgerechnet im dunkelsten und kältesten
Raum des Hauses übernachten.
Von dort aus sieht man nichts weiter als ein
Stück graue Steintreppe. Man muss schon
sehr nahe ans Fenster gehen, um weiter oben
am Berg wenigstens ein Stück des alten,
verfallenen Kornspeichers zu sehen. Doch vor
diesem Anblick kann man sich höchstens
gruseln.

Bevor ich meine Einwände vorbringen kann, ist Frunse bereits auf dem Weg zu seinem neuen Schlafplatz. Was bleibt mir also übrig? Allein will ich ihn in diesem Zustand nicht gehen lassen. Immerhin sind die Matratzen im Bergzimmer wirklich sehr weich. Oh, können sie einen schön müde machen.
Huh, was ist das? Es scheppert und kracht. Aha, Frunse scheint nicht wach geworden zu sein. Nein. Doch ich höre ihn auch nicht schnarchen. Was mir sonst ziemlich auf die Nerven geht, fehlt mir plötzlich. Nanu, der ist ja gar nicht da! Vom Hang purzeln Steine herunter. Frunse, lieber Frunse, komm jetzt durch die Tür! Er kommt nicht. Stattdessen

schlägt irgendwo Eisen aneinander. Vielleicht ist Gina zurück?
Im Schein des Mondlichtes sehe ich oben am Speicher zwei Männer, die schwere Körbe vor sich her fahren. Ich mache die Augen zu. Doch es hilft nicht. Jetzt sind es drei und nun sogar vier. Einer trägt eine Fackel. Und nun merke ich, dass es immer wieder andere Männer sind, die Körbe über Körbe in den Speicher tragen. So, wie sie schwerbeladen auf der einen Seite hineingehen, so kommen sie ohne Last auf der anderen Seite wieder heraus. Dort gibt der mit der Fackel jedem von ihnen einen Schluck aus einer dickbäuchigen Flasche und einige Geldstücke. Dann ist der Fackelträger allein.
Doch plötzlich steht Frunse bei ihm. Sie besprechen etwas, und mein rotgestreifter Spielfreund geht in den Speicher. Der Mann aber verschwindet hinter dem Berg.
Ganz vorsichtig schleiche ich aus der Herberge. Stufe für Stufe steige ich zum Speicher hoch. Dort kann ich die Spuren der fremden Männer noch riechen, aber meine Ohren sagen mir, dass keiner mehr in der Nähe ist.
Oh, was faucht da plötzlich? Was bohrt sich in

meinen Hals? Ich werfe mich herum und kann mich befreien. Mit gesträubtem Nackenhaar steht Frunse vor mir. Anscheinend hat er mich nicht erkannt. Nun kann er mich wenigstens trösten!
Aber nein! Ich soll abhauen, weil er einen wichtigen Auftrag erfüllen muss. Was soll das für ein Auftrag sein, für den er seine Freunde fast zu Tode erschreckt?! Frunse blickt durch ein Loch im Fußboden des alten Hauses. Dort stehen die Körbe, die ich bei den Männern gesehen habe. Und was ist da drin? Käse. Nein, der stolze, schöne Kater ist ein Käsewächter! Frunse verteidigt sich, erklärt mir, dass es sich nicht um irgend einen Käse handelt, sondern um Parmesan. Und Parmesan ist so wertvoll wie Gold. Außerdem, wer kann sich in unserem Dorf noch aussuchen, ob ihm die Arbeit gefällt oder nicht. Ich begreife nicht. Warum schleppt man den kostbaren Parmesan hier auf unseren Berg, anstatt ihn bequem auf der Uferstraße zu transportieren?
Frunse schaut verlegen zu Boden und stottert: „Also, der Parmesan soll über die Grenze in die Schweiz. Unten an der Straße stehen Männer, die den Käse zählen und für jedes

Stück Zoll verlangen. Hier oben kann man aber die Ware umsonst über die Grenze bringen. Das wird morgen Nacht geschehen." Donnerschlag, mein lieber Frunse hat sich also mit Schmugglern eingelassen. Ich fasse es nicht. Ich muss ihn hier wegkriegen. Da kann nur noch Mau-Mau helfen. „Komm, lass uns ein Spielchen machen, Katerchen! Hier ist doch weit und breit niemand. Warum sollst du da in diesem elenden Loch hocken!"
Frunse schaut mich skeptisch an. „Wetten, dass ich heute gegen dich gewinne?" Das wirkt. Jedenfalls folgt er mir an unseren Spieltisch. Am Horizont wird es langsam hell. Über dem See liegt ein leichter Nebel und die Luft ist herrlich klar.
Wir mischen die Karten und ich gewinne tatsächlich das erste Spiel. Ich staune über mich selbst. Darauf habe ich seit Jahren gewartet. Dann gewinne ich auch das zweite und das dritte Spiel. Normal ist das nicht. Natürlich, der Kater blickt immer wieder hinauf zum Speicher. Er hat den Parmesan nicht vergessen. Schließlich zieht es ihn zurück zum Versteck. Als Freund muss ich hinterher.
An der Speichertür sehe ich, wie Frunses rotes Fell plötzlich ganz stumpf wird. Nun kriege

auch ich einen heftigen Schreck. Die Körbe im Keller sind leer.

Auf einem abgebrochenen Balken steht Alois, der Mäusekönig, und befiehlt gerade seiner Sippe den geordneten Rückzug. Das letzte Stück Parmesan verschwindet in einem der Mäusetunnel. Triumphierend lächelt Alois uns an. Wir müssen so elend aussehen, dass er seine übliche Furcht vor uns völlig vergisst. Er lässt einen Krümel Käse ausdrücklich für den „lieben Kater Frunse" zurückbringen. Dann pfeift er, und seine ganze Bande verschwindet unter höhnischem Gelächter.

Frunse ist nicht mehr ansprechbar. Mir wird klar, wenn die Schmuggler zurückkommen, müssen wir weg sein. Doch wohin? Erst einmal hinunter in die Küche. Ich fasse es nicht, Gina steht am Herd. Und hinter ihr packt Stefano Kochlöffel und Messer zusammen.

Strahlend sieht sie uns an: „Ich gehe weg. Wir wollen zusammenleben. Für immer. Ich mache ein Restaurant am Hafen auf, und Stefano fängt mir den frischen Fisch. Euch beide nehmen wir mit. Wenn ihr wollt?"

Was für eine Frage! Bevor Stefano sein Bündel auf den Rücken schnallen kann, sind Frunse und ich schon auf dem Weg hinunter ins Tal.

Oscar taucht nicht auf

Ich bin aufgewacht und habe das Gefühl, dass es keinen Meter vorangeht. Dabei bläst mir ein kräftiger Wind ins Gesicht.
Also könnte doch der Ballon fahren. Warum tut er das nicht? Ein Blick nach unten und das Problem ist klar: Die Ankerschnur ist straff gespannt und – ich traue meinen Augen kaum – auf meinem Anker sitzt ein Schwein. Eins mit einem riesigen Bauch. „Was machst du da auf meinem Anker?"
„Das ist eine Schaukel," sagt das Schwein beleidigt, „und es wäre nett, wenn du das Seil endlich zu mir hinunterlassen könntest. Ich will es dort hinten am Baum festbinden."
„Was redest du da für einen Unsinn. Das ist der Anker von meinem Ballon. Mach dich fort."
„Du hast mir gar nichts zu sagen." Das Schwein rümpft den Rüssel: „Immer wollen bei mir alle etwas zu sagen haben. Nur weil ich das Jüngste von zwölf Ferkeln bin. Dabei sind nur ein paar Minuten Unterschied gewesen. Jetzt bin ich groß und du bist still."
„Ja, groß bist du allerdings." Ich werfe einen anerkennenden Blick auf den riesigen, hängenden Bauch des Schweins.

„Wie kannst du dir nur so eine Wampe anfuttern?"
„Das liegt bei mir in der Familie," sagt es stolz. „Ich bin ein Hängebauchschwein."
„Da hab ich noch nie etwas von gehört."
„Wir sind auch nicht von hier. Es war eine schreckliche Reise zu den vielen Schweinen in diesem Land, hat mir meine Mama erzählt. Sie war mit vielen anderen in einem ganz engen Wagen eingesperrt. Es war heiß und sie bekam keine Luft. Was damals niemand wusste war, daß meine elf Geschwister und ich schon in ihrem Bauch lebten. Was bist eigentlich du für einer?" fragt das Hängebauchschwein zu mir hinauf.
„Ich bin ein Hund."
„Ich weiß genau, wie Hunde aussehen. Der Bauer nebenan hat nämlich einen. Die sind an einer Leine und bellen einem von früh bis spät die Ohren voll. Du bist kein Hund. Du bist ein Vogel. Und ein ziemlich hässlicher dazu, wenn ich dir das mal sagen darf."
„Der Hund vom Bauern tut mir leid. Und du auch. So etwas wie dich habe ich noch nicht kennengelernt."
Das Hängebauchschwein richtet sich entrüstet auf. Es will furchtbar schimpfen, aber kommt

nicht weiter als bis zu einem: „Du-du-du ..."
Dann macht sich der Anker selbständig und schwebt seelenruhig davon.
Weiter geht die Reise – aber nicht lang. Wieder steht der Korb still. Er steckt auf der äußersten Spitze eines Zirkuszeltes fest. Rückt und rührt sich nicht.
Meine Stunde ist gekommen. In weitem Bogen hängt die Zeltbahn bis zum Rand des Zirkusdachs, dann fällt sie steil ab. Man könnte also wie auf einer Rutschbahn hinuntersausen und dann hoffen, dass es nicht zu weit nach unten geht.
Katzen können ja Meter tief fallen, ohne dass ihnen etwas passiert. Aber Hunde? Egal. Ein Hund muss tun, was ein Hund tun muss. Es ist unser Schicksal. Wir stürzen uns todesmutig auf tief fliegende Vögel, schnappen nach Fliegen, bellen an, was auch immer sich auf der anderen Seite des Zaunes bewegt. Wir sind für die Herausforderung geschaffen. Das ist der Wolf in uns – nein in mir. Achtung! Ich komme!
Und Sprung!
Oh, das wird heiß am Hintern. Ich rutsche sehr schnell. Sehr, sehr schnell. Und da kommt das Ende. Oh, oh!

Ich fliege! Ganz ohne Ballon. Und die Ohren wedeln im Wind. Der Schwanz wedelt im Wind. Oscar, wenn du mich so sehen könntest. Wie war das mit der Landung? Füße nach vorn, gut ausschwingen und beherzt aufsetzen. Ein Flieger hat das Gefühl im Hinterteil.
Landuunkk!
Autsch! Ich sitze im Sand, genau vor einem Kamelkäfig. Erschreckt schaut mich das Kamel an und spuckt.
„He, laß das."
„Isch hab misch so erschreckt," sagt das Kamel verlegen. „Sonst mach isch das nischt," und es legt den Kopf etwas zur Seite.
„Kommst du vom Zirkus?"
„Meine Mutter ist Hochseiltänscherin. Isch bin ihr einschiges Kind."
„Das muß ja eine tolle Attraktion sein. Ein Kamel auf einem Seil, ganz oben unter der Zirkuskuppel!"
Das Kamel denkt eine Weile nach. „Isch weiß nischt. Sie ischt noch nischt aufgetreten."
Ich denke, es ist Zeit, sich hier mal etwas umzusehen. Schließlich bin ich endlich gelandet. Mein Flugabenteuer hat ein Ende. Ein glückliches.
„Kannst du mir sagen," frage ich das Kamel,

„wer hier der Chef ist?"
„Frag mal im Zelt, hinter der Manesche. Isch glaube, da ischt jetscht Vorschtellung."
Ich verabschiede mich und schnüffle mich zum Eingang des Zirkuszeltes durch. Doch wie soll ich an dem Türsteher vorbeikommen? Ich mache es mir hinter einem Strohballen bequem und denke erst einmal nach.
Oh, bin ich müde ...

Der Traum vom Trojanischen Hund

„Sieh mal her! Ich bin doch eigentlich ganz schön, oder?" Mein Freund Odysseus blickt mich an, als sei ich nicht ganz dicht. „Im Ernst, ich will jetzt wissen, ob ich schön bin." Nun schmunzelt der griechische Held: „Klar Ariane, bist du schön und nett. Sonst hätte ich es doch nicht so viele Jahre mit dir in einem Zelt ausgehalten." Na, na, jetzt übertreibt er aber ein bisschen! Mindestens die Hälfte unserer gemeinsamen Zeit hat sich Odysseus auf dem Schlachtfeld geprügelt. Da saß ich mehr oder weniger alleine hier rum. Doch lassen wir das. Ich beharre auf meiner Frage. „Bin ich so schön, dass ich auch den Trojanern gefallen könnte?" „Nun reicht es aber," brummt mein Freund, „das ist es doch gerade. Weil die von Troja an schönen Dingen Gefallen finden, prügeln wir uns hier schon so viele Jahre. Der trojanische Königssohn Paris hat unsere Helena gerade deswegen entdeckt, weil sie so schön ist. Und dann hat er sie entführt. Deshalb haben wir doch den ganzen Schlamassel!"
Genau das wollte ich von Odysseus hören. Ich kann nämlich nicht mehr mit ansehen, wie der

große Held immer trübsinniger wird, weil dieser Krieg kein Ende findet. Kaum kommt ihm noch eine von diesen klugen Ideen, für die er einst berühmt war.
Aber noch hat er mich. Auch wenn er das nicht so richtig zu schätzen weiß.
„Odysseus, was hältst du davon, wenn ich Modell für einen schönen, riesigen Hund aus Holz stehe. Den schenkt ihr dann den

Trojanern. Sie werden sich geehrt fühlen."
Jetzt ist es mit Odysseus' Laune ganz vorbei:
„Wir sollen denen, die so viele Helden der
Griechen erschlagen haben, ein Geschenk
machen?"
Es ist schon erbärmlich, wie es um unseren
größten Helden steht. Nun hat er auch noch
seinen Humor verloren! Natürlich will ich den
Trojanern nicht einfach etwas schenken, so
ganz ohne Hintergedanken! Der Hund soll
groß sein. So groß, dass viele unserer besten
Krieger darin Platz finden.
Oha, wann hat der Mann mich das letzte Mal
so herzlich gedrückt? Richtig locker ist er
plötzlich. Nun kommen auch bei ihm die guten
Ideen zurück. Schnell wird im Lager eine
Versammlung der Helden einberufen.
Odysseus erklärt meinen Plan. Ist der große
Holzhund erst gebaut, sollen sich alle Griechen
von den Mauern Trojas zurückziehen.
Die Trojaner werden denken, wir haben
aufgegeben und ihnen als Zeichen unserer
Niederlage ein Geschenk hinterlassen. Wenn
sie dieses Geschenk dann in ihre Stadt holen,
werden dort unsere Helden in einem
unbemerkten Moment aus dem Holztier
hervorbrechen und den überraschten Gegner

überwältigen. Die Versammlung ist begeistert. Nun tritt der greise Nestor hervor. Der kann immer alles so schön ausdrücken. Gleich wird er bestimmt ein Loblied auf den Trojanischen Hund, oder gar auf die Trojanische Ariane anstimmen.
Doch was ist das? Der Alte redet plötzlich von einem Pferd. Was meint er? „Der Hund steht für Treue und ist nicht angemessen für solcher Art Geschenk. Das Pferd aber bedeutet Reichtum. Das wird den Gegner beeindrucken." Die Helden lassen sich überzeugen, allen voran mein Odysseus. Das ist mir vielleicht ein Verräter! Jetzt holen sie die eingebildete Stute von Ajax heran. Diese hochnäsige Person darf Modell stehen.
Schon beginnt der berühmte Künstler Epeios mit dem Bau des Holzpferdes. Und die Göttin Athene höchstpersönlich hilft ihm dabei. Ich darf nicht daran denken, dass das Wunderwerk meine Züge tragen könnte!
Schnell hat Epeios das Geschenk für die Trojaner fertig. Odysseus ist einer der ersten, der in den Bauch des Holztieres steigt.
Typisch, ich soll natürlich nicht dabei sein! Das hast du dir aber diesmal so gedacht. Ich denke gar nicht daran, deine Anweisung zu befolgen!

Ich setze mich hinter diesen Stein und warte mal ab, was passiert.
Da kommen schon die Trojaner unter Führung ihres Königs Priamos. Die sind aber mächtig vorsichtig. Langsam verfliegt mein Ärger über Odysseus und die anderen griechischen Helden. Wenn ihnen etwas passiert, bin ich daran schuld! Ich muss ganz ruhig bleiben.
Ach, die Trojaner streiten sich offensichtlich, ob sie dem Geschenk meiner Leute vertrauen können.
Da tritt ihr Priester Laokoon vor. Er warnt vor dem Pferd. Was soll ich machen? Der Mann muss da weg. Aha, da hinten stehen seine beiden Söhne. Ich werde sie zum Wettlauf auffordern. Mal sehen, was Laokoon dann macht.
Mein Plan geht auf. Als ich mit den Jungen losrenne, kommt der Vater in Sorge hinterher. Und kaum ist er vom Holzpferd weg, siegt bei den anderen Männern Trojas die Eitelkeit. Sie führen ihre Beute in die Stadt. Laokoon ist schnell, gleich packt er mich. Ich bin in einer Falle. Hinter uns brechen die Mauern Trojas entzwei. Was soll ich tun? Es rumpelt und poltert. Doch was ist das? Wo ist Laokoon? Wo ist Troja? Wo bin ich überhaupt?

Ariane geht zum Zirkus

Der Strohballen, hinter dem ich mich ausgestreckt habe, ist umgefallen. Ein Elefant stampft an mir vorbei. Der Eingang wird für ihn frei gemacht. Das ist die Gelegenheit, mit hindurch zu schlüpfen, vorbei an dem grimmig dreinschauenden Türsteher.
Jetzt bin ich dort, wo es durch einen schweren, roten Vorhang zum Publikum und in die runde, hell erleuchtete Manege geht. Hier herrscht eine Hektik!
Am Vorhang stehen zwei Pferde. Sie tragen kleine Kronen aus langen Federn und goldene, funkelnde Decken auf dem Rücken. Jede ihrer Bewegungen zeugt von Kraft und Eleganz.
Wieder öffnet sich der Vorhang. Für einen Moment dringen bunte Lichter, Menschenlachen und Applaus zu mir. Ein Clown tritt aus der Manege in die Dunkelheit. Der Vorhang schließt sich.
Etwas abseits steht ein drittes Pferd. Es trägt das gleiche Kostüm mit Krone und Decke, und doch wirkt es anders. Es ist alt und hat Angst. Das spüre ich. „Gleich dran?" frage ich so ganz nebenbei. „Ja", sagt es mit einer rauhen tiefen Stimme. „Ich bin Georg, aus stolzem

Geschlecht. Auf unseren Rücken ritten einst die Kosaken entlang des Flusses Don." Dabei wirft er den Kopf in den Nacken. Was für ein prächtiger Hengst Georg einmal gewesen sein muß!
„Ich bin Ariane. Aus dem Hause der Bobtails. Auf meinem Rücken reiten höchstens kleine Kinder." Georg lächelt gutmütig, doch sofort verfinstert sich sein Gesicht wieder. „Worauf wartet ihr hier?" frage ich mit einem Blick zu den beiden jüngeren Pferden.
„Auf unseren Auftritt."
„Und bist du aufgeregt?"
Georg schüttelt sich: „Seit so vielen Jahren trete ich im Zirkus auf. Ich bin um die halbe Welt gereist. Ich sah Paris an einem schönen Frühlingstag. Ich stand in London vor der Königin. Petersburg im Winter. Ich sah junge Pferde kommen und gehen. Drei Zirkusdirektoren habe ich gedient. Ob ich aufgeregt bin?" Er denkt nach. Und in Gedanken reist er noch einmal zu all den fernen Plätzen aus der Vergangenheit. Schließlich blinzelt er mit seinen müden Augen: „Es ist nur so, heute ist meine letzte Vorstellung."
In diesem Moment führt ein Herr im schwarzen

Frack Georg und die beiden anderen Pferde an den Eingang zur Manege. Links und rechts von ihnen stehen zwei Männer in blitzenden Uniformen. Sie halten gespannt den Vorhang fest, um ihn auf ein Zeichen aufzureißen.
„Der arme Georg!" Hinter mir steht ein kleiner, dickbäuchiger Mann, in der Hand eine Bürste, mit der man Pferde striegelt. „Hat er dir erzählt, was ihn erwartet?" Der Mann spricht mit mir!
„Wunderst du dich, dass ich dich anrede?"
„Na, die meisten tun nur so, als ob sie mit mir sprechen."
Der kleine Mann nickt zustimmend: „Ja, ich weiß. Aber ich bin Tierpfleger. Schon beinahe mein ganzes Leben lang. Da lernt man viele Sprachen."
„Warum sagst du: armer Georg?"
„Er hat solches Pech gehabt in letzter Zeit. Ist eben nicht mehr der Jüngste. Da geht bei den Kunststücken schon mal was schief. Am schwersten fällt ihm die letzte Übung. Bei der müssen sich alle drei auf die Hinterbeine stellen und dreißig Sekunden lang mit den Vorderhufen in der Luft verharren. Das können seine müden Beine nicht mehr leisten."
Der Mann seufzt tief: „Wenn er diese Vorstellung auch noch schmeißt, lässt ihn der

Zirkusdirektor abholen. Der arme, alte Georg. Ein schlimmes Ende erwartet ihn."
„Warum lässt man ihn denn nicht in Ruhe?"
„Wer will schon ein altes Pferd, das nur Hafer frisst und den nicht selbst verdient?"
In diesem Augenblick reißen die beiden Männer den Vorhang auf, die Pferde erstrahlen im Scheinwerferlicht. Ihre Nummer beginnt. Gespannt verfolgen der kleine Mann und ich durch einen Spalt im Vorhang, was sich in der Manege abspielt. Zunächst läuft alles nach Plan. Die Pferde galoppieren im Kreis, machen ein Kunststück nach dem anderen und werden reichlich mit Applaus belohnt. Es kommt die

schwierige Übung. Sie stellen sich in der Mitte der Manege auf und der Dompteur gibt ihnen mit der Peitsche ein Zeichen: Auf die Hinterbeine. Georg hält und hält sich. Seine Nüstern beben, die Augen sind weit aufgerissen. Doch dann sackt er ab. Die beiden anderen stehen noch immer. Der Mann gibt Georg die Peitsche. Das Pferd versucht es noch einmal – ohne Erfolg. Wieder setzt es Schläge. Da ergreift Georg wütend die Peitsche mit den Zähnen und trabt erhobenen Hauptes aus der Manege. Das Publikum tobt vor Begeisterung, und der Dompteur sitzt verloren auf seinem Hosenboden.

Als Georg zu uns in das Vorzelt kommt, erwartet ihn schon der Zirkusdirektor mit hochrotem Gesicht: „Das war nun wirklich deine letzte Vorstellung! Dich lasse ich verfüttern!"

Da stellt sich der kleine, dicke Mann zwischen die beiden. „Kommt gar nicht in Frage. Den Georg bringe ich auf den Gnadenhof. Da hat er einen schönen Lebensabend."

Der Zirkusdirektor ist nun erst richtig in Fahrt: „Was mischen Sie sich da ein? Der Gaul wird verfüttert!"

Jetzt langt es mir. Knurrend und mit den

Zähnen fletschend gehe ich dazwischen. Erschrocken weicht der Direktor zurück. Der kleine dicke Mann aber nutzt die Gelegenheit und macht sich mit Georg aus dem Staub. Wütend starrt mich der Zirkusdirektor an. Plötzlich hellen sich seine Gesichtszüge auf. „Bist du nicht Ariane, der berühmte Hund aus dem Fernsehen?"
Auch alle anderen sehen jetzt auf mich. Ich gehe ein paar Schritt zurück. Der Direktor tritt ganz nahe an mich heran. „Eine Attraktion wie du hat mir gerade noch gefehlt. Ich zahle dir, sagen wir mal für den Anfang, soviel wie ich jetzt durch Georg spare." Und er winkt grinsend mit einem Geldschein vor meiner Nase hin und her.
Das stinkt mir. Ein paar gekonnte Sprünge und ich bin aus dem Zelt. Alle laufen mir hinterher. Mit einem gewaltigen Satz erreiche ich das Dach vom Zirkuszelt und hechte, immer wieder abrutschend bis zur Spitze. Die Ankerschnur ist schnell durchgebissen und ich sitze sicher im Korb. Vom Wind getragen schwebt der Ballon über das Zeltdach hinweg. Weit unter mir winkt immer noch der Direktor mit seinem Geldschein. Gerettet!
„Nicht schlecht, nicht schlecht!" höre ich

Oscars Stimme hinter mir: „Sie sind ganz nett in Form, Verehrtester." Mir hängt die Zunge aus dem Hals.
„Ich habe übrigens ihren Freund Fotografen gesichtet. Nicht weit von hier. Sie hätten vom Zirkus aus ganz leicht hinlaufen können." Wer schon mal einen Storch hat grinsen sehen, der kann sich sein Gesicht leicht vorstellen.
„Na, macht nichts. Wir bringen Ihr Gefährt auch so zur Landung."
Mit dem für ihn typischen eleganten Abschwung kippt er vom Korb, um gleich darauf wieder steil nach oben zu schießen. Und zwar mit seinem spitzen, langen Schnabel direkt in den Ballon. Es macht zisch. Oscar kehrt zurück: „Das wird ein Weilchen dauern, bis die heiße Luft aus dem Ballon gewichen ist. Sie hätten übrigens auch bloß den Brenner ausschalten können." Und er pickt mit dem Schnabel gegen ein Gerät, das sich während des ganzen Fluges automatisch ein- und ausgeschaltet hat. Ich packe mich in meinen Korb und schließe die Augen ...

Der Traum vom Schlittenrennen

Hier am Kamin träumt es sich besonders schön. Es ist so gemütlich. Vor allem dann, wenn Antonia bei mir sitzt. Sie ist die gute Seele hier bei uns im Fort Yukon. Naja, eigentlich ist es ihr Vater John, der Pfarrer. Aber dann ist Antonia vielleicht sogar ein Engel. Anders kann es nicht sein. Die Männer aus dem Fort sprechen gern mit dem Pfarrer. Doch wenn sie Antonia sehen, leuchten ihre Augen. Am Abend gehört sie mir aber allein. Was poltert da auf einmal so laut? Antonia verlässt mich und geht zur Tür. Oh, nein bitte keinen Besuch! Es ist Arthur. Irgendwie muss der auch so etwas wie ein Engel sein. Denn bei ihm beginnen auch Antonias Augen zu leuchten.
Arthur ist ganz aufgeregt und redet immer nur von Hunden. Merkwürdig! Noch nie hat der mich beachtet. Als wäre ich gar nicht da. Und jetzt plötzlich, mitten in der Nacht, interessiert der sich für meine Gattung! Na bitte, mein Lieber, hier bin ich. Hier hast du einen Hund und mit dem kannst du dich unterhalten! Doch Arthur nimmt mich wieder nicht zur Kenntnis. Der spricht tatsächlich von diesen Kötern, die

draußen in der Kälte umhertoben und sich mit Vorliebe gegenseitig in die Ohren zwicken. So richtige Hundesitten kennen die nicht.
Trotzdem werden sie hier im Gegensatz zu mir sehr wichtig genommen.
Jeden Tag kommen viele Männer am Hafen von Fort Yukon an. So wie auch ich damals. Bei mir war das allerdings eher unfreiwillig. Ich jagte in der Sonne von San Francisco der stadtbekannten Ratte Judith hinterher. Die verschwand plötzlich in einem großen, dunklen Loch. Ich sprang ihr nach. Dann tauchte dort so ein großer, klobiger Kerl auf. Ich verkroch

mich in einer Kiste. Und was machte der? Der nagelte die Kiste zu. So war ich gefangen. Als ich mich von meinem Schreck erholt hatte, merkte ich, dass in der Kiste die schönsten Schinken lagen, die ich je gerochen hatte. Da fand ich zunächst meine Lage gar nicht so schlecht. Doch dann schaukelte es und schaukelte. Mir wurde übel.
In dem Moment grinste Judith durch eine Ritze. „Na, wie findest du es hier auf dem Dampfer? Jetzt geht es ab nach Alaska. Da gibt es nur Eis und Schnee. Gleich wird deine Kiste auf ein anderes Schiff verladen, und ich fahre zurück in die Sonne." Dieses Miststück! Auf einen Dampfer Richtung Nordmeer hatte sie mich gelockt.
Als dann meine Kiste aufgemacht wurde, blickten mich bärtige Männergesichter an. Die einen lachten mich aus, die anderen waren wütend auf mich: „Statt Schinken schickt man uns dieses verwöhnte Tier!" Eine Eisenhand packte mich grob und zerrte mich aus der Kiste. Puh, hier war es nur kalt und ringsum weiß! Dann sauste ein Knüppel auf mich herab.
In dem Moment schlossen sich zum Glück die Arme eines Mädchens um mich. Es war

Antonia. Sie schimpfte fürchterlich mit den Männern und schleppte mich in ihr Haus. Das war meine Rettung.
Antonia klärte mich auf. Ich war am nördlichen Polarkreis gelandet. Die Männer, die es aus der ganzen Welt nach Fort Yukon zieht, kaufen Felle und warme Handschuhe. Am meisten interessieren sie sich aber für diese wilden Hunde. Ich weiß nicht, was man an denen finden kann. Die Eskimo-Hunde geben überhaupt keinen vernünftigen Laut von sich, und diese Hudson-Bay-Hunde erst, die reinsten Wölfe sind das doch! Allerdings, tauschen möchte ich mit denen nicht. Sie werden nämlich vor vollgepackte Schlitten gespannt und müssen die flussaufwärts ziehen. Dorthin, wo die Männer unter Schnee und Eis nach Gold suchen.
Auch Arthur hatte dort nach Gold gegraben, doch das ist ihm von Banditen geraubt worden. „Ich muss das Rennen gewinnen, sonst bin ich endgültig verloren," so redet Arthur verzweifelt auf Antonia ein.
Endlich verstehe ich. Ein Hundeschlittenrennen ist ausgeschrieben und auf den Gewinner wartet eine hohe Prämie. Das ist Arthurs Hoffnung. Wenn nur nicht sein stärkster Hund

Schwarzohr verschwunden wäre. So fehlt ihm für den letzten Schlittenwechsel ein Zugtier. Und im Fort gibt es kurz vor dem Rennen natürlich keinen freien Hund mehr.
Nun ist Antonia ganz aufgeregt: „Arthur, wenn du gewinnen würdest, dann können wir zurück in den Süden ziehen. Ich werde dir helfen." He, was sieht sie mich so an?! Nein, das kann nicht wahr sein! Antonia streichelt mir so ganz langsam über den Bauch. Nein, Antonia, nein, das kannst du mir nicht antun! Ich soll gemeinsam mit diesen gewöhnlichen Tieren einen Schlitten durch den Schnee ziehen? Antonia, hör auf mich zu streicheln! Das kommt nicht in die Tüte!
Arthur geht. Er würdigt uns keines Blickes mehr. Da tropft etwas warm auf meine Schnauze. Es sind Tränen von Antonia. Plötzlich höre ich mich fragen: „Sag Antonia, wenn Arthur das Rennen gewinnt, geht es wirklich in den Süden?" Sie nickt ganz sachte. „Also sei es drum, zieh dich an!" Und schon steht sie im Pelz an der Tür.
Draußen wartet Arthurs Lieblingsschlitten. Dort, wo sonst Schwarzohrs Platz ist, macht mich Antonia am Riemen fest. Vor mir Athos und hinter mir Porthos. Oh Mann, riechen die

nach Fisch! Antonia steht auf dem Schlitten und treibt uns vorwärts. Bevor ich verstehe, was los ist, knufft mich Athos von vorn und Porthos tritt mir in die Hacken. Ich beginne zu laufen. Mann, ist das kalt an den Pfoten! Wieder spüre ich Porthos ganz dicht hinter mir. Wir sind jetzt auf einer großen Schneefläche. Hier warten die Gespanne am letzten Wechsel des Rennens ungeduldig auf ihre Fahrer. Antonia steuert uns an die äußerste linke Seite. „Aua, was beißt du doofer Eskimo-Hund mir in die Flanke? Du gehörst doch zum Nachbargespann!" Da haben Porthos und Athos den Angreifer schon in der Mitte. Es beginnt eine Keilerei, und Antonia geht mit der Peitsche dazwischen.
Hinter einer aufgetürmten Eisbarriere taucht Arthur in rasender Fahrt auf. Neben ihm Spencer. Verbissen kämpfen die beiden Männer um die Führung. Doch was ist das? Die Schlitten krachen zusammen und verschwinden als ein riesiges Knäuel in einer Schneewolke. Spencer kommt aus diesem Durcheinander frei. Hinter ihm Arthur. Beide rennen, was das Zeug hält. Arthur ist schon bei uns. Inzwischen sind wir mit unserem Schlitten unheimlich schnell. Arthur springt auf und

Antonia lässt sich in eine Schneewehe fallen. Athos macht einen Satz. Ich komme ins Straucheln. Doch Porthos bringt mich wieder ins Gleichgewicht. Neben uns sind jetzt die Hunde von Spencer. Ich will gar nicht hingucken. Die sehen so gefährlich aus.
Der Weg führt direkt über das Eis eines Sees. Habe ich acht Beine, oder gar zwölf? Ich merke nichts mehr, ich renne und renne, renne und renne, dann ist es dunkel.
Oh Antonia, wie schön wäre es bei dir am Kamin. Ach du grüne Neune, wo bin ich? Was sind das für Felle, die mich so angenehm wärmen? Wer leckt mich so sanft ab? Ich liege zwischen diesen zwei wilden Tieren, zwischen Athos und Porthos. Wieso sind die so nett? Jetzt erfahre ich, dass wir das Rennen gewonnen haben. Das ist ja eine tolle Nachricht! Trotzdem scheinen meine neuen Freunde nicht recht glücklich zu sein. Da sehe ich Antonia und Arthur auf dem Dampfer. Sie rufen nach mir. Ich begreife, das ist der Weg in den Süden ...

Die Rettung

Es rappelt und poltert, der Ballon ist gelandet. Schlaff sinkt die Hülle zu Boden.
„An den Landungen arbeitet man sein Leben lang," sagt Oscar. Ich liege auf dem Bauch, ihm zu Füßen.
„Wo hast du eigentlich das Holzbein her?" frage ich ihn und schüttele mir den Staub aus dem Fell.
Er sieht etwas verschämt zu Boden. „Sie sollten als Anfänger felsigen Untergrund meiden. Meine erste Flugstunde endete mit, sagen wir mal, einem kleinen Missgeschick. Oh, ich glaube da hinten kommt Ihr Freund Fotograf. Ich denke, wir sehen uns bei Gelegenheit wieder. In der Luft vielleicht?"
Oscar nimmt einen etwas wackligen Anlauf. Weg ist er.
Keuchend kommt der Fotograf auf mich zu gerannt. Mit ihm der verzweifelte Ballonpilot. Sofort besieht er sich die Schäden.
„Dieser blöde Storch," schimpft er, „schon das zweite Mal! Dass es ihm noch nicht gereicht hat! Damals, als sich sein Bein in den Seilen verhakelte. Mit dem Leben sind wir gerade so davon gekommen! Und was machen die

vom Tierheim? Die flicken ihn wieder zusammen. Basteln ihm auch noch ein neues Bein. Damit er mich weiter ärgern kann!" Und er wirft seine Mütze auf den Boden.
„Na ja," beschwichtigt ihn mein Fotograf, „irgend ein Abenteuer muß er sich ja suchen, wo er doch noch nie im Süden war."
Ich lege mich in die Sonne und sehe mir die Aufregung von weitem an. Ob das Foto noch zustande kommt? Mit einem neuen Ballon vielleicht? Mit mir darin und ganz viel Wind?

Ich blinzle in den blauen Himmel.
Schließlich: An seinen Landungen arbeitet man ein Leben lang.

Das Team

Oliver Haller lebt in Berlin und hat als freiberuflicher Autor und Regisseur unter anderem an der Hörspielreihe „Haus Düsterland" vom ORB sowie bei der „Sesamstraße" mitgewirkt. Daneben arbeitet er an der Sendereihe „Tierisch, tierisch" und anderen Produktionen vom MDR mit. Für dieses Buch hat Oliver Haller die Ballongeschichten geschrieben.

Klaus-Dieter Felsmann lebt als freiberuflicher Journalist und Autor in Worin. Er schreibt Geschichten, Reisebücher und Reportagen für Kinderzeitschriften sowie Sendungen für das Deutschlandradio Berlin. Außerdem ist er im Bereich Kinderfilm tätig. Für dieses Buch hat sich Klaus-Dieter Felsmann die Traumgeschichten ausgedacht.

Barbara Schumann lebt und arbeitet als freischaffende Grafikerin und Illustratorin in Schöneiche. Sie illustriert Kinder- und Schulbücher. Am liebsten zeichnet sie zu lustigen Tiergeschichten.

Barbara Felsmann lebt in Worin und ist als Autorin und Redakteurin tätig. Sie arbeitete als Redakteurin der RIAS-Kindersendung „Panther & Co", schreibt Sendungen und Features für den MDR-Hörfunk und das Deutschlandradio Berlin und leitet die Redaktion der Kinderzeitschrift „SAMsolidam".